내 사랑은
한폭의 시

인생방은 한폭의 시

이광진 지음

좋은땅

우리 인생은 누구나 '희로애락(喜怒哀樂)'을 담고
있습니다.

저마다의 인생에는 마치 오케스트라의 악장과 같
은 사계절이 있습니다.

봄이 가면, 여름이 오고, 여름이 가면 가을이 오고,
가을이 가면, 겨울이 옵니다.

봄은 누군가에게 따스하게 느껴지지만, 또 다른 이
에게는 그 따스함을 함께 맞이할 이가 없어 외로운 봄
날이기도 합니다.

여름은 누군가에게 뜨거워 못 견디는 더위지만, 또
다른 이에게는 잃어버린 열정을 찾아 주는 고마운 뜨
거움입니다.

가을은 누군가에게 쓸쓸하겠지만, 또 다른 이에게

는 그 쓸쓸함을 함께 맞아 줄 이가 있어 따뜻한 가을입니다.

겨울은 누군가에게 춥고 배고프지만, 또 다른 이에게는 봄날을 준비할 수 있는 절호의 기회가 되는 겨울잠을 맞이합니다.

그 안에는 눈물과 사랑이 있습니다.
인생은 '시' 한 폭의 그림과 같은 것입니다.

『인생은 한 폭의 시』를 읽는 여러분!

인생의 고비마다 아픔과 슬픔이 있을 것입니다. 그 시간 속에 내가 누구와 함께 있느냐에 따라 희로애락이 결정됩니다.

우리 인생의 수많은 고비와 고통, 절망, 사랑, 그리운 향기로 인생은 '시'라는 그림을 그렸습니다.
인생은 '시'와 같은 것입니다.
인생은 '시' 한 폭의 그림을 그리는 것입니다.
인생을 한 폭의 '시'에 담아 그리면 생명이 되어, 또 다른 생명을 살아 내게 합니다.

여러분의 쓸쓸한 가을을 따뜻한 봄날로, 춥고 배고
픈 겨울이 회복과 절호의 기회가 되시길 바라며,
위로와 사랑의 동반자가 되는 '시' 한 폭의 그림이
되기를 바랍니다.

- 2024. 06. 26. 시인 이광진

　사람은 누구나 시인입니다. 시를 쓰건 시를 쓰지 않
건, 사람 자체가 한 편의 시입니다. 이광진 목사님의
시집 『인생은 한 폭의 시』는 삼라만상에 드리운 하나
님의 아름다운 흔적을 그리고 봄, 여름, 가을, 겨울처
럼 늘 새롭고 알 수 없는 사랑을 노래합니다. 때론 겨
울 바다의 살갗을 도려내는 그리움에 아파하고 저녁
노을처럼 뜨거운 사랑을 소망히며 꽃처럼 아름다워지
고 싶어 합니다. 아니, 영원히 시들지 않는 영광의 화
관을 얻고자 하는 간절한 기도가 담겨 있습니다.

　시 한 편, 한 편을 읽을 때마다 사랑하는 이들을 향
한 그리움과 따뜻한 진심이 담겨 있고 아름다운 자연
의 사계와 하나님을 향한 신심이 담겨 있습니다. 인생
은 시를 낳고 시를 쓰는 것이기 때문에 우리의 인생은
한 폭의 시가 될 것입니다.

　이광진 목사님의 시는 사람은 누구나 시인이요 인

생은 한 편의 시임을 알려 주는 담담하면서도 따뜻하고 다정한 고백이요, 기도입니다. 이 시집이 많은 사람에게 읽혀서 아름다운 한 폭의 시와 같은 삶이 되기를 소망하며 추천합니다.

- 소강석 목사(새에덴교회, 시인)

추천사

인생은 짧고
예술은 길다고 했다
그러나 믿음은 영원하다

이광진 목사님의『인생은 한 폭의 시』는
인생을 사색하고
예술적 터치로 시를 쓰신다
그리고 믿음으로 꼭꼭 채워진 싯귀들이
마음을 사로잡는다

이 시들을 읽는 이들은
인생의 가치를 발견하게 되리라
예술적 인생에 아름답게 물들어 가리라
믿음으로 말미암아
하나님과 벗이 되며
믿음으로 말미암아
영생의 걸음을 걷게 되리라

친한 벗을 위해 문을 열어 두듯이
이광진 목사님의 이 시집의
표지를 열어 두고
시집 속의 시들과 빈번하게 교류하시기를
진심으로 추천하는 바이다.

                    - 백남영 목사(새물결교회, 시인)

흔히 시를 말할 때 사무사(思無邪)라고 하는데 이
는 생각에 악함이 없다는 뜻이다.

'시'에 대한 이론이나 도식적인 정의를 말하기 전에
시가 가지는 본질적인 바탕을 말한 것으로 순진무구
한 발상이 밑그림이 되어야 한다는 의미로 해석할 수
있을 것이다.

이광진 목사님의『인생은 한 폭의 시』를 읽어 나가
면서 느낀 점이 이것이었다.

저자가 현직 목회자라는 점도 있지만 그렇지 않다
고 하더라도 어린아이처럼 맑고 고운 심상이 시의 전
편에 깔려 있는 것이 이를 반증한다.

이광진 목사님의 한 편, 한 편의 시에서 흐르는 감
성을 살펴보면 목회 현장에서 겪은 아픔이나, 시련 그

리고 연민의 정이 자연스럽게 흐르고 있는 것이 이를
증거한다고 할 수 있을 것이다.

시 중에서 「그리운 향기」는 지난 일들에 대한 그리
움일 수도 있지만 그리스도인의 향기, 목회자로서 사
랑과 아픔, 시련 그런 것들을 이야기하듯 자연스럽게
표출하고 있다.

그리고 작품 「파도」에서 부딪치고 깨져 나가는 바위
의 모습과 자신의 모습을 일치시키는 것도 그러하다.

바라옵기는 이광진 목사님 목회 사역에 하나님의
사랑과 은총이 함께하시기를 기도드린다.

이번 시집을 상재하는 것을 계기로 더 훌륭하고 발
전적인 모습으로 독자들에게 다가갈 것을 믿어 의심
치 않는다.

이 시집이 많은 사람에게 읽혀서 사무사(思無邪)
악함이 없는 세상, 어린아이와 같이 맑고 고운 세상이
되기를 바라며 『인생은 한 폭의 시』를 추천합니다.

- 김지원 목사(한국크리스천문학가협회장, 시인)

목차

4부 좋은 일

5부 일상 : 자연은 흘러간다

6부 소망

7부 고마움

8부 믿음 : 자연과 일상을 다스리다

9부 사랑 : 만지면 부서질까 멀리 서서 말합니다

10부 위로

1부

그리운 향기

그리운 향기

향기
나를 행복하게 하네
나를 황홀하게 하네
나를 기쁨으로 인도하네
미소 짓게 하네
향기

사진 속 당신

따스했던 당신의
그리운 그리움에

당신의 사진이 걸려 있는
복도를 지나다
당신의 사진을 스쳐 지나면

못 본 체하며 지나기도 하고
발걸음을 멈추어
잠시 들여다보기도 하누나

때로는 따뜻한 그리움으로
눈물을 훔치며
돌아서기도 하누나

당신이
그리도
따스했던 당신이

사진 속의 당신은
왜 그리도
차가웁고

냉정하기만 한지
고개를 떨구며 뒤돌아서게 하누나

뒤돌아서 얼른 발걸음을 재촉하지만
당신의 따스함을 못 잊어
나도 모르게 사진 속 당신 앞에 서 있구나

사진 속 당신을
하염없이 바라보지만
차가운 당신
냉정한 당신
야속하기만 하누나

내 마음
당신의 따뜻함에 못 잊어

차가운 사진 속 당신 앞에

내 발걸음

멈추고 멈추누나

사람아

그리운 사람아
보고 싶은 사람아

세월이 지나도
잊혀지지 않는 사람아

시간이 지나도
곁에 있고 싶은 사람아

무정한 사람아
세월의 사람아

그리운 그대

그리운 그대
보고 싶은 그대
우리 추억
그리운 그대

눈물 흘려도
그대 불러 봐도
그리움만
그리움만

우리 삶
뒤돌아보지 말고
하나님 사람들
섬기며 살자 했지

우리 삶
뒤로하고
하나님 사람들
돌보며 살자 했지

우리 자녀
뒤로하고
하나님 사람들
세우며 살자 했지

그리운 그대
그렇게
살자 했지

소리 없는 눈물

눈물
눈가를 적시며 흐르는 눈물
두 뺨을 타고 흐르는 눈물
소리 없는 눈물

눈물
코 안으로 흐르는 눈물
목구멍으로 넘어가는 눈물
소리 없는 눈물

눈물
슬픔의 눈물
아픔의 눈물
고통의 눈물
소리 없는 눈물

그 눈물
사랑이었네
행복이었네

그리움이었네

그냥

하나가 보고 싶고
하일이가 보고 싶다
그냥…

며느리가 보고 싶고
큰아들이 보고 싶고
작은아들이 보고 싶다
그냥…

권사님이 보고 싶고
장로님이 보고 싶다
그냥…

집사님이 보고 싶고
성도님이 보고 싶다
그냥…

충성스런 성도님이 보고 싶고
얼굴만 보이던 성도님도 보고 싶다

그냥…

목사님들이 보고 싶고

보고 싶다

그냥…

형제가 보고 싶고

누나가 보고 싶다

그냥…

그냥…

그리움

그리움 때문에 잠 못 이루고
그리움 때문에 눈물 흘리고
그리움 때문에 가슴 아파하고
세월이 흘러도 잊혀지지 않는 사람아

그리움 때문에 그대 이름 불러 보고
그리움 때문에 소리쳐 보고
그리움 때문에 미워해 보고
세월이 흘러도 잊혀지지 않는 사람아

그리움 때문에 서성여 보고
그리움 때문에 노래 불러 보고
그리움 때문에 여행 가 보고
세월이 흘러도 잊혀지지 않는 사람아

그리움은
삶이었어라
역사이었어라
그림이었어라

꿈이었어라

당신이 쓴 글을 보며

당신의 친필에서
그 눌러쓴 글에서
당신의 마음을 느낄 수 있네

그 눌러쓴 글에서
당신의 모습을 볼 수 있네
생각을 알 수 있네

정겨움
따뜻함
온화함
모든 것을 볼 수 있네

그 눌러쓴 글에서
우리는 플랫폼 시대에 살지만
따뜻한 온기를 느낄 수 있는 손잡음이
그리워지네

당신의 손을 잡을 수 있다면

따뜻함은 강물이 되겠네

그리움의 사랑

사랑은 그리워하는 것

사랑은 감싸 주는 것
사랑은 돌보는 것

사랑은 기다리는 것
사랑은 아름다운 것

아내 4주기 맞이하여

당신이 천국 간 지 4년이 흘렀소

당신의 수고에 나는 하염없이 눈물을 흘렸소
당신의 삶은 신실한 삶이었고
거룩한 삶이었고
청결한 삶이었소
'내 일생 하나님의 사람들을 섬기다가 잠들다'
라는 묘비문을 당신은 실천하였소

하나님을 사랑하고
교회를 사랑하고
성도님들을 사랑하는 당신이 있었기에
오늘 교회는 많이 부흥되었소
여보
감사하오
당신의 눈물이 이렇게 많은 열매를 맺었소

하늘에서 우리 교회를 한번 내려다보시오
신실하신 권사님

장로님

안수집사님

그리고

집사님

온 성도님들이 하나 되어

이렇게 부흥되었소

성도님들을 보고

당신의 열매라 노래하고 춤을 추시오

하나님께 보고 드리시오

크리스찬교회 열매라고…

주일학교도 엄청 부흥했소

당신이 심어 놓은

신실한 성도님들의 헌신으로 부흥했소

또 찬양대를 한번 보시오

그렇게 바라던 찬양대의 부흥을…

또 당신이 원하고 원하던 전도

그렇게 신발이 닳고 닳도록
아파트를 오르내리며 전도를 원했던 당신
지금은 전도 특공대원이 77명이나 되었소

그리고
전도 헌신에
교회 빈자리 없이 메워 가고 있소
모든 성도님들이 하나 되어 섬기고 있소

참으로 당신이 바라고 그 바라던 부흥의 꿈이 이루어
지고 있소

그리고
선교의 꿈
하나님이 원하시고
예수님이 원하시고
당신이 원하는 꿈
성경을 이루는 꿈을 이루어 가고 있소
천국에서 응원해 주시오

여보 당신을 통해
크리스찬교회를 선택하게 함을
감사하오
당신이 아니었다면 나는 이 자리를 결정하지 않았을
것이오

당신의 신앙
그리고
믿음으로

나이 들면 목회하기 힘들다며
세상 욕심 내지 말고
하나님의 일을 젊어서 하자고 했던 당신
지금 우리 교회를 선택하게 한 당신
당신의 선택이 옳았소
영원한 축복의 선택이 옳았소
이렇게 많은 거듭난 성도님들을 보며…
당신께 감사하오
당신의 손길이

당신이 선택한 이 자리에

여기저기

구석구석

당신의 손길 안 느껴지는 곳이 없소

나는 당신을

아내로

그리고

주의 나라 위해

동역한 동역자로

감사하고

사랑하고

존경하오

여보

우리 교회 부흥과 선교와

하나님의 꿈을 이루는 것을 지켜봐 주오

당신의 그 선택에 오늘 우리는 행복하오

그리고

하나님의 꿈을 이루어 가고 있소
영원히
영원히
이루어 갈 것이오

우리 교회 많은 성도님들은 당신을
그리워하고 있소
당신이 남기고 간 글을 통해서도
그리워하고 있소

그 그리움으로
당신이 그렇게 바라던 부흥과 선교
하나님의 꿈을 이루어 가겠소

영원토록 천국에서 우리 교회를 응원해 주길 바라오
사랑하고
사랑하고

사랑하는

아내 4주기를 맞이해서

남편 올림

2부

사랑

그대 곁에

그대가 그리울 때
단숨에 당신 찾아
그대 곁에
한없이 달려가오

만날 수도
볼 수도
없는 줄 알면서도
내 맘 당신 향해 달려가오

당신 곁에 달려가나
어찌 그리 냉정하오
어찌 왔냐
말 한마디 아니 하오

당신의 맘 아오
당신을 사랑했소
보고 싶었소

사랑과 미움

사랑으로 미워할 수 있고
사랑으로 사랑할 수 있다

사랑으로 미워하는 것은
불행을 가져오고

사랑으로 미워하지 않는 것은
행복을 가져온다

사랑으로 행복한 삶을 살고 싶다

사랑 두 글자

사랑이란 두 글자 속에
우리의 삶을 담그오

사랑이란 두 글자 속에
우리의 행복을 담그오

사랑이란 두 글자 속에
우리의 가정을 담그오

사랑이란 두 글자 속에
우리의 인생을 담그오

사랑이란 두 글자 속에
우리의 사랑을 담그오

담그오 사랑에
사랑 사랑에 담그오

우리 함께

우리 함께
꿈처럼 행복하게 사랑하자

우리 함께
아침 햇살처럼 밝게
사랑하자

우리 함께
저녁노을처럼 뜨겁게 사랑하자

우리 함께
온 마음으로 온몸으로 사랑하자

세라의 수고

세라야
정말 수고가 많았다

우리 하일이가
꼭
하나를 닮았구나
아주 총명하고 똘똘하게 생겼구나

하일
하나님의 사람으로
아주 잘생겨
할아버지로서 너무 기쁘구나

그리고
하일이를 보면서 마음에 위로와
기쁨이 충만하다
마음에 평강이 찾아오는구나
너무 좋아서
우리 형제들에게 치헌이 둘째 아들 출산을

사진과 함께 알렸다
며늘아기야 사랑한다
아들아 사랑한다

그리고
하나님께서 건강한 아이
아주 총명한 아이
잘생긴 아이
하일이 주신 것 감사하라

너희 두 부부
사랑한다

시아버지로서
아무리 표현해도 부족하다

이웃 살리기

사랑은 사람을 살리네
한 알의 밀알 되어
이웃을 살리네

긍휼은 사람을 살리네
사랑을 심고 돌아보고 삶을 나눌 때
이웃을 살리네

착한 일은 사람을 살리네
내 안에 착하신 이가 있을 때
이웃을 살리네

사랑
긍휼
착한 일은
사람을 살리네
세상 끝날까지 이웃을 살리네

이성헌 삼행시

이

이리 보아도 저리 보아도 아빠를 닮았구나

성

성실한 모습까지도 아빠를 닮았구나

헌

헌신하는 모습도 아빠를 닮았구나

그 아들은 그 아빠의 그 아들이구나

이불과 신발

이불
운동화를 샀다

이불이 좋다
아주 오랜만에 잠을 푹 잤다

그리고
신발이 아주 좋다
멋도 있고 편하다

아침에 일어나서 약간 얇은 양말 신고
신발을 신어 봤다
아주 좋다

세라
그리고
아들
하나
하일이가 좋다

가장 귀한 선물

이 세상에서
가장 귀한 선물
아름다운 선물

당신은
나의 선물

나의 행복
나의 기쁨
나의 사랑

보고파

보고 싶다
보고 싶다
그대

아무리 외치고 외쳐도
또 보고 싶다

솟아나는 샘처럼
보고 싶다

사랑은
보고 싶은가 보다

사랑

그대 내 손 잡아 주오
그대 내 손 놓지 마오
그대 내 사랑 놓지 마오
그대 영원히…

모래 위에 그대

그대 얼굴 그려 보았네
그리고 그려 보았네
그대 얼굴
내 사랑이었네

통삼리 공장
모래 받으며
모래 위에 그대 그려 보았네
눈 코 귀 입 그려 보았네

지우고
또 지우고
그려 보았네
그대
내 사랑이었네

입가에 미소
눈가의 사랑
미소 그려 보았네

그대 내 사랑이었네

그대 모습

모래 위에 그대

내 사랑이었네

잡혀지지 않는 사랑

안아 봐도
안아 보아도
안아지지 않는
내 사랑

바라봐도
바라보아도
보이지 않는
내 사랑

손잡아 봐도
잡아 보아도
잡혀지지 않는
내 사랑

그리운 사랑
잊혀지지 않는
추억의
내 사랑

사랑할 수 있나요

사랑할 수 있는 자격이 없어
사랑할 수 있나요 라고…
사랑을 고백합니다

사랑할 수 있다면…
그 사랑 영원히 가슴에 고이 접어
그 사랑을 드리고 싶습니다
영원히…
영원히…

3부

이별과 슬픔

수고의 눈물

비바람 몰아치고
눈보라 몰아치고
아픔의 눈물
슬픔의 눈물
추억을 남기고

비바람 몰아치고
눈보라 몰아치고
기쁨의 눈물
사랑의 눈물
십자가 남기고

비바람 몰아치고
눈보라 몰아치고
인내의 눈물
열매의 눈물
한 알의 밀알 남기고

눈물 눈물 눈물

생명이었네
부활이었네
영생이었네
영광이었네

눈물

그리움 때문에 눈물
사랑 때문에 눈물
추억 때문에 눈물

한없이 흐르는 눈물
아~ 그대 내 눈물
소리 없이 흐르는 눈물
슬픔 중의 따듯한 눈물

그 눈물
나의 사랑
나의 행복
나의 공간이어라

하얀 마음

하늘에서 첫눈이 펑펑 내려온다
눈 오는 창밖을 보니
그리운 사람들이 나의 머리를 스쳐 간다

이 쓸쓸함이 어디서 오는 걸까
나의 여정을 뒤돌아보며…
쓸쓸한 미래를 달래 본다
첫눈이 좋으면서도 마음을 아프게 한다

눈아 눈아 펑펑 쏟아져라
나의 맘을 덮어 주렴
포근하게 덮어 주렴

하얀 눈처럼 하얀 맘으로 살고 싶다
눈아 눈아 나를 하얗게 덮어 주렴

4부

좋은 일

합격통지서

아들이 총신대원에 들어갔다
기다리고 기다리던 통지서 아닌가
이 기쁨 하늘에 외치고 땅에 외치고
바다와 산에 외치고 싶다

아내가 있으면 두 아들 총신에 갔다고
나의 마음과 같았을 아내
하늘에서 기뻐해 주오

아들아 어머니께 알리거라
합격하여 먼 길 달려왔다고

그것은 하나님의 은혜라
노래하여라
이리저리 돌아보아도
은혜라 말할 수밖에 없다
노래하여라

잘나서도 아니고

공부를 잘해서도 아니다
하나님 얼굴을 위해서다

아들아 춤을 추어라
하나님 앞에 춤을 추어라
그 은혜에 춤을 추어라

내 앞길 열어 주었다
춤을 추어라

합격통지서

기쁘고 감격 겨운
총신대학원 합격통지서
춤추고 싶네

하늘과 땅
바다와 산 앞에
춤추고 싶네

하늘에 있는 아내에게
달려가 춤추고 싶네

잘나서도 아니고
공부 잘해서도 아닌
하나님 은혜
춤추고 싶네

하나님 얼굴 봐서 주신
통지서
춤추고 싶네

아들 앞길 연 합격통지서

꿈꾸며

춤추고 싶네

에스유브이 차를 샀다

지금 타고 있는 차 좋다
제네시스
완장리길 다니며 위험을 느낀다
울퉁불퉁
눈비 온 뒤 파이고 파인 길이다

대형 운송차
흙 실은 화물차
레미콘차
공사 차량이 쉴 새 없이 다닌다
그 사잇길 오가며 무섭다

에스유브이 차종으로 바꾸자
기아 에스유브이
현대
벤츠
아우디
비엠더블유
포르쉐 카이엔

내 손에 들어온 것은 포르쉐 카이엔이다

차량 움직임

안전성

순발력

코너링이 좋았다

완장리길 다니며

나를 위해

희생할 차

카이엔

안전하게 굴러가라

화기총 32대, 33대 대표회장을 마치며…

화기총 연이어 두 해 대표회장을 했다
무거운 짐이자
보람이었다

목사님들을 돌보고,
행사를 진행하고,
어려운 이웃을 살피고,
4개 지역에서 5개 지역으로 하나 되게 하고,

5개 지역대표 목사님들과 한자리를 하고,
중경목사님들과 한자리를 하고,
2회기를 거치며
시장님들과
국회의원님들과 장관님들
타 종교 대표님들과
100만 화성 특례시 선포식과
화기총과 화성시가 하나 되어
즐거움과 행복을 나누었다

수고의 무게보다
기쁨의 무게
행복의 무게가
수고의 무게를 눌렀다

그 행복 뒤에는
크리스찬교회의 응원과 헌신이 함께했다

회기총 32대, 33대 역사 속에 아름답게 빛나리라
화기총 역사에 남으리라
감사하며 화기총 이임식을 마쳤다

결코, 두 해의 수고가 헛되진 않았으리라

그리고
34대 회기가 화기총의 아름다운 역사를 써 내려갈 것
을 기대하며 감사했다

화기총 목사님들

5개 지역 모든 목사님들을 사랑하며,
물러난 대표회장직의 수고는 기쁨이었다

화기총 모든 목사님께
5개 지역 목사님들께

그리고
임원 목사님들께
크리스찬교회 교우들에게
감사의 눈물을 흘렸다

이 모든 것이 하나님의 은혜였다

32대, 33대 화기총 눈물을
하나님께 영광 올립니다

5부

일상 : 자연은 흘러간다

봄바람

봄이 왔네
봄이 왔네

산바람 타고 봄이 왔네
들바람 타고 봄이 왔네
나뭇가지 타고 봄이 왔네

봄소식 알리는 바람은 아내 품같이
포근하기만 하네

그 바람 나를 힘 솟게 하네
새 마음 갖게 하네
새로운 삶을 기다리게 하네

바람이여
바람이여
새 소식
희망의 소식
아름다운 소식

빨리 전달해 주렴…

봄바람

봄바람
따스하고 부드러운 봄바람이 분다
부드러운 바람이 스쳐 가기도 전에
곧 사라져 버린다

코로나 19
부드러운 바람도 따스한 바람도
느끼지 못하게 한다

따스하고 부드러운 봄바람
새들도
꽃들도
춤을 추지만
코로나 19
우리를 춤추지 못하게 한다

따스한 봄바람
부드러운 봄바람아
우리들 가슴에 불어 다오

우리들 가정에 불어 다오
따스함으로 춤추게 해 다오

가정과
사회와
민족과
세계가
춤추게 해 다오

따스한 봄바람아
부드러운 봄바람아
코로나 19 가져가 다오
흔적도 없이 가져가 다오

계절의 소리

계절의 소리
꽃은 피고 지고
바람은 산들 불고
봄바람 타고 오는
계절의 소리
내 마음 따라가고

계절의 소리
개나리꽃 진달래꽃
피고 지고
봄바람 타고 오는
계절의 소리
내 마음 피고 지고

이 또한 지나가리라

하늘 바다

바다는 물이 모여
바다다

하늘에서 물을 내려
계곡을 만들고

하늘에서 물을 내려
하천을 만들고

하늘에서 물을 내려
강을 만들고

하늘에서 물을 내려
바다를 만든다

하늘은 물이다
바다는 물이다

하늘은 바다 하늘이다

바다는 하늘 물이다

하늘 바다는 수평선이다

산막이옛길

산 따라
굽이굽이 어우러진
산막이옛길

물길 따라
굽이굽이 어우러진
산막이옛길

뱃길 따라
굽이굽이 어우러진
산막이옛길

바람 따라
굽이굽이 어우러진
산막이옛길

산 따라
물 따라
뱃길 따라

바람 따라
굽이굽이 내 마음
길을 내네

굽이굽이 못 잊어
산막이옛길
내 마음 두고 오네

단풍나무

곱게 곱게 물든 단풍나무
아름답고 이쁘구나

비뚤비뚤 몸을 꼬며 자란 나무
단단하고 야무지게 비뚤비뚤 오른 나무
수줍어 몸을 꼬며 솟아오른 단풍나무

네 모양이 아름답고 멋있구나
비뚤비뚤 세월 속에
네 옆에 머물고 싶구나

울긋불긋 곱게 곱게
내 마음 물들고 싶구나

꽃망울

꽃망울
만지면 터질 것 같은 꽃망울
매화 꽃망울
힘차게 솟아나라
터트리지 않은 꽃망울

꽃망울
솟아나라
피어나라
매화꽃
연지 곤지 꽃망울
행복 위해 솟구쳐라
피어올라라

봄 처녀 꽃망울
연지 찍고
곤지 찍고
아름답게 피어라
내 사랑 꽃망울

가을비

가을비가 촉촉이 내린다
폭우가 쏟아지던 장맛비는 간데없고
가을비가 촉촉이 내린다

무섭게 불던 폭풍도 언제 그랬던가
가을비가 촉촉이 내린다

나의 삶도 폭풍우가 언제 그랬던가
가을비가 촉촉이 내렸으면 좋겠다

가을비와 함께 지나간 폭풍우 흔적
다 지웠으면 좋겠다

폭풍우 다 지운 채
나의 삶을 가을비야 촉촉이 적셔 줘라

우리 집 나무 꽃

나는 숲이 우거진 우리 집이 좋다
새들이 노래하고
꽃들이 웃어 주는 우리 집이 좋다

나무 꽃들이 각자 멋을 맘껏 내는 모습이 좋다
그 모습이 자유로워 좋다

작은 나무
큰 나무
큰 꽃
작은 꽃

눈치 보지 않고 멋 내는 그들이 좋다

사랑받으면
당당하게 멋을 내나 보다

겨울 바다

겨울 바다
차가운 바람
차가운 마음
지평선 바다

겨울 바다
살갗을 도려내는
그리운 바다
사랑의 바다

겨울 바다
추억의 바다
그대 내 바다
영원한 바다

반딧불이

반딧불이 반짝반짝 반딧불이
어둠에서 빛나는 반딧불이
어두움을 아름답게 하는 반딧불이
세상이 반딧불이 되었으면 좋겠다

반딧불이 밤하늘의 별 되어 아름다운 반딧불이
반딧불이 밤하늘 은하수 놓은 반딧불이
반딧불이 내 마음 별 되어 빛났으면 좋겠다

반딧불이 반짝반짝 별이 된 반딧불이
나도 반짝반짝 별 되어
밤하늘 수놓았으면 좋겠다
반딧불이…

눈꽃망울

눈이 내리네
눈이 내리네
함박눈
하얀 눈이 내리네

모든 나무에 눈꽃을 피우려나 했는데
하얀 꽃망울을 만들었네

피려다 피지 않은 아쉬움으로
꽃망울을 터트리려 하네

하얀 눈으로 눈꽃이 활짝 피었으면
내 마음 활짝 웃겠네

초미세먼지

사람마다 숨 쉬고파
마스크 한 장으로
코끝을 내미네

빌딩들도
숨 쉬고파
하늘 위로 고개를 내미네

기리마디
집집마다
공간마다
숨 쉬고파
얼굴을 내미네

나무 꽃 비바람 몸부림치며
숨 쉬라 하네

소나무

한자리에 서 있는
네 모습이 아름답구나

계절 없이 푸른
네 모습이 아름답구나

꼬불꼬불
삶의 추억을 그리며…
제 모양을 낸
네 모습이 아름답구나

네가 있는 곳엔
아름다움을 선물하는
네 모습이 아름답구나

나도 너같이 아름다워지고 싶구나

꽃

꽃은 아름답다

질경이꽃도 아름답고
귀한 난꽃도 아름답다

들꽃도 아름답고
가꾸어 핀 꽃도 아름답다

홀로 피어도 아름답고
섞여 피어도 아름답다

호박꽃도 아름답고
진달래꽃도 아름답다

나도 꽃처럼 아름다워지고 싶다

구상나무

향기를 뿜으며
편안하게 반겨 주는 너는
나의 사랑이어라

부드러운 줄기 아씨 손길 같은 너는
나의 사랑이어라

천사가 아기를 안고 있는 듯한 너는
나의 사랑이어라

트리로 예수님 탄생 노래하는 너는
나의 사랑이어라

나의 사랑 우리 집 구상나무

인생은 꽃

인생은
봄도 있고
여름도 있고
가을도 있고
겨울도 있다

인생은
봄 여름 가을 겨울을 스쳐
꽃을 피운다

그 꽃은
가까이 가고 싶다
볼수록 아름답다
만날수록 친근해진다
내 인생 그 꽃이 되리라

겨자씨

이도숙

욕심을 버리면 또 다른 욕심이 차오르고
차오른 욕심을 인내하며 견뎌 내면
또 다른 고통이 잉태된다

그 잉태된 고통 안에 겨자씨만 한
작은 예수가 있다면

그로 인해 싹이 트던 욕심과 고통이
사라지고 어느덧 자은 겨자씨가
선한 목자 되어 나를 풍성하게
채워 주신다

6부

소망

파도

파도는 밀려오고 또 밀려온다
파도에 부딪히는 바위는 파도를 무서워하지도 않는다
파도 앞에 바위는 제 모습을 드러낸다

파도는 바위를 부딪치고 또 부딪힌다
집어삼키고 또 삼킨다
그래도 여전히 바위는 제 모습을 드러낸다

파도는 소리를 지르며 무섭게 달려온다
바위는 피하지도 도망가지도 않는다
달려오는 파도를 그대로 맞이한다
바위는 그 자리를 그대로 지킨다

파도는 달려와 바위의 키를 넘어
다시 부서지고 깨져 나간다
부딪히고 깨져 나가는 파도 앞에 바위는
제 모습을 드러낸다

나도 바위처럼 달려오는 파도 앞에

내 모습을 그대로 드러내리라

가정의 행복

가정은 웃음소리가 있어야 하고
눈물 소리가 있어야 하고
노랫소리가 있어야 하고
대화 소리가 있어야 행복하다

가정은
도마 소리가 있어야 하고
음식 만드는 소리가 있어야 하고
음식 냄새를 풍기는 소리가 있어야 하고
그릇 부딪히는 소리가 있어야 하고
젓가락 소리가 있어야 행복하다

가정은
설거지 소리가 있어야 하고
그릇 깨지는 소리가 있어 하고
청소하는 소리가 있어야 하고
차 마시는 소리가 있어야 행복하다

그 소리는 가정을 건강하게 하고

그 소리는 가정을 행복하게 하고

그 소리는 가정을 아름답게 한다

그 소리가 가정의 행복이다

결정

인생의 아픔은 잠깐이고
인생의 미래는 길다

인생은 아픔을 통하여
결정하는 것이 아니라

미래를 바라보며
결정하는 것이다

설 선물 떡국

설 떡국
인터넷으로 받은 선물
군침이 넘어간다

설 떡국
그림으로 받은 선물
정갈하고 깔끔한 떡국
허기진 배 채운다

설 떡국
내 인생 한 살 더 먹는 떡국
성숙한 삶으로 채운다

설 떡국
귀한 선물
내년에는 실제로
채우길 바라 본다

된장국

오늘은 교회에서 퇴근하면서 된장국이 먹고 싶었다
내가 먹던 된장의 향기가 갑자기 나의 뇌를 자극하였다
집에 도착하여 된장국을 끓여 봐야겠다고 마음을 먹
었다
집에 오자마자 냉장고를 열었다
된장은 완전 재래식 된장이 있었다
풀 뽑는 할머니가 주신 된장이 있었다

일단 외출복을 벗고
손을 씻고
된장 요리를 시작했다

그런데
막상 된장국을 끓이려 하니 재료가 없었다
그래도 건강에 좋으니 재료 없어도 끓여 보자 했다
된장의 양을 얼마를 넣어야 하나 먼저 망설여졌다
된장을 밥 수저로 수북이 한 수저 냄비에 넣고 물을
넣고 저었다

그리고 냉장고를 보니 마늘이 있었다

마늘 5쪽을 가위로 자르려 하니 미끄러지며 잘라지지
않았다

과도로 엄지손가락을 기대어 자르기 시작했다

일정한 모양 크기는 아니지만 크고 작고 뭉뚝하게 그
리고 두껍게 잘라진 모양이었다

마음에 들지 않은 마늘 자르기였다

끓이면 그게 그거겠지 생각하며

마음에 위로를 받았다

마늘과 함께 된장에 물을 붓고 수저로 저었다

그리고 무엇을 넣어야 하나

냉장고를 보니 큰 멸치가 있었다

국물 내는 멸치인 듯했다

그러나 상관없다 멸치를 넣으면

시원하겠지 생각했다

멸치를 작은 주먹으로 한 주먹 꺼냈다

일단 머리 부분을 떼내고

멸치 배를 가르고 멸치 똥을 빼냈다

정리된 멸치를 된장물 풀어 놓은 곳에 넣었다
그리고 생각하니
양파를 넣으면 좋겠다는 생각을 했다
그런데 아무리 뒤져 봐도 양파는 보이지 않았다
양파 넣는 것은 생략하기로 했다

그리고 '국을 끓일 때는 파를 넣는데'라는 생각이 떠올
랐다
냉장고에 정리된 파가 있었다
파 한 줄기 꺼내어
도마에 얹어 과일칼로 잘랐다
크기는 일정하지 않지만 그런대로 잘랐다
잘라 놓은 파가 신기해 보였다

이것을 넣으면 맛있겠다 상상을 했다
군침이 넘어갔다
그런데 파를 언제 넣지
갑자기 넣는 타이밍이 두려워졌다

지금 넣고 끓여야 하나 잠깐 생각에 젖어 있었다

아!
음식 할 때 파는 맨 나중에 넣고 살짝 끓이던데 생각
이 났다
파는 도마 위에 그대로 두고 이제 된장을 끓이기 시작
했다
된장, 마늘, 멸치 그게 전부였다

재료가 너무 안 들어갔기에
야채잡곡을 넣기로 마음을 먹었다
야채잡곡은 야채를 건조시켜 놓은 것이다
야채잡곡은 밥 지을 때 넣어
야채잡곡밥을 하는 것이다
쿠팡에서 주문해 놓은 것이다

된장에 넣으면 괜찮겠지
응용을 해 보자 했다

채소잡곡은 9가지를 건조시켜 놓은 것인데 순수 국산
으로만 되어 있다
무·당근·호박·우엉·비트·고구마·감자·강황·표고이다
건강에는 좋을 것 같아 채소잡곡을 된장국에 넣기로
했다
한 봉지에 약 두 스푼 정도의 양이다
두 봉지를 넣기로 했다
그런데 또 넣는 타임이 문제였다

처음부터 넣어야 하나 아니면 나중에 넣어야 하나 하
고 망설였다

밥을 지을 때 처음부터 넣어라 되어 있으니
이것 또한 된장국에 처음부터 넣어야겠다고 생각하고
넣고 끓였다

파는 도마 위에 두었다

된장국을 끓이기 기각했다

중간에 맛을 보니 너무 짜고 짰다
그래서
물을 한참을 더 넣었다
어느 정도 간을 본 것이었다
이제 물 양 조정을 하니
냄비로 가득한 물 양이었다

그래도 된장을 끓이는 냄새가 고유의 된장 향이 너무
좋있다
냄새만으로 행복함이 생겼다
그러나 과정이 정말 복잡했다

된장국이 끓어올랐다
이제 이 정도면 됐겠지 싶어
도마 위에 있는 파를 칼로 도마 위를 쓸어 된장국에
넣었다
이제 한 번 더 끓기만 하면 된장국이 완성되는구나
기대가 되었다 군침이 돌았다
냄새는 향긋했다

이제 밥을 푸고 된장국을 국자로 뜨고 식사 준비를 완
료했다

먼저 완성된 된장을 먹어 봤다
근데 멸치를 넣어서인지 시원한 맛은 있으나
어찌나 쓴지 정말 태어나서 처음 느끼는 된장국 맛이
었다

이렇게 맛없는 된장국은 처음이었다
기대와는 전혀 다른 맛이었다
숟가락을 놓고 싶었지만, 된장국이 먹고 싶어 끓인 것
이니 먹자 했다
건강에는 좋겠지
일단 재료는 다 국산이고
먹으면 속이 풀리겠지. 꾹 참고 먹고 먹었다
수저가 가다가 멈추려 했다
안 되겠다
내 방식대로 먹어야겠다 싶어
참기름을 밥에다 약 한 스푼 정도 부었다

속이 부드러워지겠지. 영양 보충되겠지 생각하며 밥
에 부었다
그리고 된장국으로 밥을 말았다
정말 처음 먹어 본 된장국 맛이었다
된장국 냄새가 너무 심하게 나면서 쓴맛이었다

된장국밥을 먹으며…
슬픔이 내 머리를 지나갔다
된장 맛과 함께 눈물이 났다
눈물을 꾹 참고 된장국밥 그냥 입에 몰아넣고 무조건
삼켰다

그래도 된장국에 밥을 먹으면 건강에 좋겠지
삼키고 삼켰다
그리고 된장국으로 배를 채웠다
된장국이라서인지 위장은 약간 편안했다
약간의 위로가 되었다

그런데 입가에서는 계속 냄새가 가시지를 않았다

된장 고유의 냄새

맡기 싫은 냄새가 입가에서 가시지 않았다

일단 부엌을 정리하고 양치질을 해야겠다 생각했다

부엌을 정리하고 화장실로 향했다

양치질을 시작했다

양치질이 끝나고 나서도 입안에서는 된장 냄새가 계

속

이어졌다

그래서 다시 양치질했다

그래도 뇌에서는 된장 냄새가 사라지지 않으며

입안에서 맴돌았다

된장국에 참기름을 섞어서였는지 위장은 편안했다

건강에는 좋겠지 하며 위안이 되었다

다음에는 재료를 준비해서 잘해 봐야겠다

생각했다

다음에는 맛있고 구수한 된장국이 탄생하겠지
입가에 된장 냄새가 사라지는 희망을 가져 본다
먹으면서도 슬픈 일이었다
눈물과 된장국을 섞어 먹었다
다음에는 된장국과 행복을 섞어 먹는 날이 오겠지

손자의 옹알옹알

기분 좋은 말
손자의 말
옹알옹알
소리만 들어도 좋다

아~어~오~
옹~알 옹~알

세상을 배운 것 같다
손자의 미래가 기대된다

오늘

오늘만이 나의 날
오늘 사용하는 것만이 나의 것

내일은 내 것이 아니어라
내일을 위해 쌓은 재물
내 것이 아니어라

생명 끊어지면
모든 것 나의 것 아니어라

일용할 양식
하나님 바라며 사는 날

나의 날
오늘 한 날이어라

눈 감으면 하나님 보이고

눈 감으면
하나님 보이고

눈 뜨면
세상 보이고

눈 감고
살면 좋겠네

십자가
부활
영광

눈감으면 하나님보이고

이광진목사 작사·곡

눈 감 으면 하나 님 보 이 고   눈 뜨 면 세상 보 이 고

눈 감 고 살 면 좋 겠 네 기 도 십 자 가 부 활 영 광

하 나 님 보 이 고   기 도 십 자 가 부 활 영 광

눈 감 고 살 면 좋 겠 네   십 자 가 부 활   영 광

십 자 가 부 활 영 광

127

예수님처럼

예수님처럼
생각하고
말하고
사랑하고
바라고

예수님처럼
섬기고
나누고
돌보고
바라고

예수님처럼
가르치고
행하고
전하고
바라고

나도 그 길

가리라

그 길은

생명의 길

평강의 길

기쁨의 길

영원한 길

예수님처럼

이광진목사 곡

예수님처럼 생각하고　예수님처럼 말하고
예수님처럼 섬-기고　예수님처럼 나누고
예수님처럼 가르치고　예수님처럼 행하고

예수님처럼 사랑하고　예수님처럼 바라고
예수님처럼 돌보고 -　예수님처럼 바라고
예수님처럼 전하고 -　예수님처럼 바라고

그 길은 생명의 길　그 길은 평강의 길

그 길은 기쁨의 길　그 길은 영원한 길

나도 그 길 가리라　그 길 가리라

길이요 진리요 생명이니　나도 그 길 가리라

기도

눈 감으면
하나님 보이고

눈 뜨면
세상 보이고

눈 감고
살면 좋겠네

성령이여

성령이여
예수님 성품 만들어 주소서

나에게는 그 성품 없네
성령이여
어찌할꼬
성령이여
예수님 성품 만들어 주소서

심령이 가난한 성품
애통한 성품
온유한 성품
의에 주리고 목마른 성품
만들어 주소서

어로프헤븐 카페

빵 한 조각 커피 한잔이 있는 곳이다
사랑이 있는 곳
천국을 연상하는 곳
해변의 야자수가 있고
많은 나무와 화초가 있다

아름다운 대화가 있는 곳이다
사랑의 대화가 있고
나눔의 대화가 있고
주고 싶은 공간을 만든 곳이다

사랑의 빵
사랑의 커피
사랑을 나누는 곳
천국을 그려 놓은 공간
회당 같은 사랑방 어로프헤븐 카페다

아버지 뜻 이루소서

아버지
하나님 아버지
나의 십자가 나의 뜻 이루지 마시고
아버지 뜻 이루소서

엘리엘리 나마 사박다니 아버지
나의 뜻 이루지 마시고
하나님 뜻 이루소서

영광 영광 영광
아버지 뜻 이루소서
십자가 나의 십자가
오직 아버지 뜻 이루소서

주가 만드시네

주가 만드시네
그가 이루시네
크신 능력 의심치 않고
기도로 나아갈 때

주가 만드시네
그가 이루시네
주의 능력 온전히 믿고
나아간 때

주가 만드시네
그가 이루시네
주님의 드라마
나를 통하여 행하여 가실
상상 못 할 계획들

내가 그 속에 주인공 되어
큰 기쁨 누리게 되리

7부

고마움

황탯국

오늘은 왠지 눈물이 자꾸 난다
황태국물 넘길 때마다 국물과 함께
눈물이 흐른다
눈물이 목으로 눈가로 적셔 흐른다
소리 없이 흐른다

국물 반 눈물 반 콧물 반이다
왜 이리 흐를까
고마움에서일까
그 손끝 섬김의 감사에서일까
내가 못한 그것을 채워 주서서일까?
눈물이 흐른다

국물과 반찬 아끼며 넘기는 그 모습에서도 눈물이 난다
그 정성에 못 이겨 조금씩 목으로 넘기며 정성에 목메
어 눈물이 흐른다

나는 할 수도 흉내도 낼 수 없는 그 맛에 눈물이 흐른다
그 눈물은 어느덧 행복이 되어 흐른다

건강으로 보답하리라

감사와 행복과 고마움이 넘어간다

해 준 음식 남기지 말고 먹어 건강으로 남기리라

권사님의 반찬 나의 인생의 한 페이지를 남겨

잊지 못하리라

편지

김 소장님
세상에는 기적 같은 일도 일어납니다
월드컵 축구
한국과 독일전에서
기적 같은 일이 일어났습니다
2대 0으로 승리 기적이었습니다
도저히 믿기지 않는 일이 일어났습니다
멕시코에서는 한국 덕에 16강에 올라 코리아를 외치
고 있습니다
멕시코와 한국은 형제라며
고마워요
고마워요
코리아 고마워요
외쳐 댑니다

세계가 이 놀라움에 감동과 감격에 싸여 기적이라고
말합니다

김 소장님

이런 기적 같은 삶이 인생을 살아가는 삶이 아닌가 싶
습니다
어떤 때는 도저히 이룰 수 없는 일이 이루어지기도 하
고 슬픔이 기쁨이 되기도 합니다

저희 집 앞 도로가
김 소장님과 시 팀장님의 배려로
그 고통스러운 약 2년의 세월의 보답으로
기쁨이 되었습니다

도로 포장
그리고
주차장 포장 약속
그 기적 같은 일을 보며…
고마워요
고마워요를 외치고 싶습니다
김 소장님 고맙고 고맙습니다

저희 집 앞

도로 포장과 주차장 포장을 보면서…

고마워요 고마워요

외치고 싶습니다

그리고

그 은혜 잊지 않겠습니다

8부

믿음 :
자연과 일상을
다스리다

믿음으로 살리라

믿음으로 살리라
아브라함 믿음으로 살았네
네가 우 하면 나는 좌 하고
네가 좌 하면 나는 우 하고

믿음으로 살리라
좋은 것 양보하면
더 좋은 것 주시는 하나님

믿음으로 나아가면
반드시 승리 주시네

하나님
아브라함의 하나님
이삭의 하나님
야곱의 하나님

하나님
나의 하나님

나의 아들의 하나님
나의 손자의 하나님

찬양하리
만천하에 찬양하리라

믿음으로 나아가면
홍해 바다 열리고
여리고성 무너지고

찬송하리
영원토록 찬송하리라
믿음으로 찬송하리라

세상 변할 때까지

믿음으로 찬송하리라
믿음으로 살리라

주 안에서

우리의
행복은 주 안에서

우리의
사랑은 주 안에서

우리의
섬김은 주 안에서

주 안에서
이루어지리라
주 안에서

창조

하늘 땅 바다 창조하셨네
모든 생물 만드셨네
위대하시네
신 중의 신이시오

동정녀 덧입어
아들 창조하셨네
성령의 씨 창조하셨네
신 중의 신이시오

십자가 창조하셨네
대속의 십자가
구원 이루셨네
신 중의 신이시오

부활 창조하셨네
영원한 생명
일으키셨네
신 중의 신이시오

승천 창조하셨네
하늘 보좌 앉으시고
만물 다스리시네
신 중의 신이시오

성령 창조하셨네
성령 꿈
사람 일깨우시고
신 중의 신이시오

그분만이
구원이시오
생명이시오
영생이시오
영원이시오

하나님

거룩함을 알라 하시네
청결을 알라 하시네
하나님 알라 하시네
볼 수 없네
알 수 없네
맛볼 수 없네
하나님 애원하며
알라 하시네
하나님 사랑 보라 하시네

하나님은 우상을 버리라 하시네
불순종 버리라 하시네

하나님은 예배를 통해 알게 하셨네
하나님은 예수님을 통해 알게 하셨네
하나님은 주일을 통해 알게 하셨네

우상을 버리라 하였네
불순종을 버리라 하셨네

율례와 규례를 준행하라 하셨네
주일을 지키라 하셨네
반역하지 말라 하시네
하나님은 사랑이시네

자손에게 이어라 하시네

영원한 감사

주님 은혜 감사
주님 사랑 감사
주님 구원 감사
영원한 감사

주님 호흡 감사
주님 보호 감사
주님 위로 감사
주님 기쁨 감사
영원한 감사

주님 동행 감사
주님 교제 감사
주님 섬김 감사
주님 나눔 감사
영원한 감사

빛 가운데 사는 사람

빛 가운데 사는 사람
영원한 생명 안에 있는 사람
영원한 생명과 사귐 있는 사람

빛 가운데 사는 사람
예수님의 보혈로 죄 씻음 받은 사람
예수님과 사귐 있는 사람

빛 가운데 사는 사람
형제를 사랑하는 사람
성도님과 사귐 있는 사람

빛 가운데 사는 사람
영원한 생명 전하는 사람
이웃과 사귐 있는 사람

빛 가운데 사는 사람
영원 전부터 영원까지
거리낌이 없는 사람

무너져 내리네

건설이 발전하고
경제가 발전하고
도시가 세워져도
폭우 앞에 무너져 내리네

과학이 발전하고
잘 먹고 잘살아도
삶의 질이 성장해도
코로나 19에 두려움으로 무너져 내리네

의학이 발전하고
신약이 개발되어도
코로나19
전염병에 전 세계는 무너져 내리네

하나님은
세계를 운영하시고
인간을 운영하시고
경제를 운영하시고

전염병을 운영하시고
세계를 운영하시는 하나님 앞에 나아갈 때
세울 수 있네
부활을 볼 수 있네

어찌 그리 보배로우신지요

성령님 인도하시는 대로
움직였더니
주의 생각이 내게 어찌 그리 보배로우신지요

성령님이 찾아와
나도 알지 못하고 움직였더니
주의 생각이 내게 어찌 그리 보배로우신지요

사람의 눈으로는 안 된다 하여도
성령님의 생각대로 행동했더니
주의 생각이 내게 어찌 그리 보배로우신지요

하나님 생각이 내 생각 되니
주의 생각이 내게 어찌 그리 보배로우신지요

그 수를 셀 수 없으니
주의 생각이 내게 어찌 그리 보배로우신지요

나의 주

여호와는 나의 주
나의 창조자
나의 생명이시네

내 일생
바라보겠네
따라가겠네
의지하겠네

뒤돌아서지 않겠네

차별 금지법

산은 산이고
물은 물이다
차별 금지법 이루어질 수 없다

하늘은 하늘이고
땅은 땅이다
차별 금지법 이루어질 수 없다

낮은 낮이고
밤은 밤이다
차별 금지법 이루어질 수 없다

남자는 남자고
여자는 여자다
차별 금지법 이루어질 수 없다

죽음은 죽음이고
생명은 생명이다
차별 금지법 이루어질 수 없다

건강한 가정
건강한 사회
건강한 국가는
생육하고 번성하라
차별에서 시작한다

복음의 꽃

하늘도 울고
땅도 울고

생명의 꽃
구원의 꽃
시들지 아니하는 영원한 꽃

피어나라
솟아나라
땅끝까지

하늘의 별처럼
바다의 모래알처럼
열매 맺고

영원히
시들지 아니하는 꽃
영광의 관을 얻으리라

영원히…

주님이시여

천지를 창조하신 주님이시여
죽은 자를 살리신 주님이시여
물 위를 걸어가신 주님이시여
주님이시여
나의 주님이시여

만물을 다스리시는 주님이시여
영광이 가득하신 주님이시여
거룩하신 주님이시여
주님이시여
나의 주님이시여

이웃을 사랑하신 주님이시여
병든 자를 고치신 주님이시여
가난한 자 부하게 하시는 주님이시여
주님이시여
나의 주님이시여

하나님 뜻

하나님의 뜻은
이것도 선이고
저것도 선이다

하나님의 뜻은
건강해도 선이고
병들어도 선이다

하나님의 뜻은
살아도 선이고
죽어도 선이다

하나님 안에는
악한 것이 없다

주님만 사랑

예수님만 사랑
그 이름 예수님만 사랑

마음 다해 사랑
삶을 다해 사랑

시간 다해 사랑
물질 다해 사랑
오직 주님만 사랑

오늘 한 날

오늘 한 날
나의 날이어라
하나님 바라며
일용할 양식 바라며
사는 날 나의 날이어라

내일은 내 날 아니어라
내일을 위해 쌓은 재물
내 것 아니어라

욕심 버리고
사욕 버리고
이기심 버리고
주님 바라며 사는 날
일용할 양식 바라며 사는 날
오늘 한 날 나의 날이어라

일용할 양식 바라는 날
하나님 의지하는 날

오늘 나의 날이어라
영원한 행복
한 날 한 날 나의 날이어라

하루하루
주님 바라머 사는 날
일용할 양식 바라며 사는 날
나의 날 행복 평강의 날이어라

하루 하루 하루 나의 날
일용할 양식 나의 것
나의 날이어라

해 달 별
바라보며
창조의 손길
하나님 바라며
일용할 양식 바라는 날
나의 날 한 날이어라

산

들

바람

나무

꽃

바라보며

일용할 양식 바라는 날

나의 날

행복의 날

한 날 한 날

나의 날이어라

나의 날

하나님 바라며 사는 날

평강이어라

천국이어라

홍해 바다 갈라지고

여리고성 무너지고

바벨탑 무너지고

하나님 바라며 사는 날

일용할 양식 바라며 사는 날

나의 날 오직 한 날이어라

세월

세월은 흐르고
꽃은 피고 지니
삼라만상이
하나님의 손길이구나

세월은 흐르고
바람 불고 물은 흘러가니
삼라만상이
하나님의 숨결이구나

세월은 흐르고
인생은 낡고 늙어
아름다움을 한 몸에 담으니
삼라만상이
하나님의 사랑이구나

세월의 흐름을
누가 멈추게 할 수 있으랴
삼라만상은

하나님의 아름다운 흔적이어라

신종코로나 19

신종 코로나바이러스
감염병에 인류는 떨고 있네
국가마다
안전을 확보하려 하네

입국 금지
마스크 착용
손 씻기
거리 확보

확진자 더해 가고
사망자 늘어 가네
두려워 떨고 있네

세상이여!
전염병
잠재울 분은
오직 한 분임을
깨닫길 바라네

전능의 하나님
창조의 하나님
이 땅 고쳐 주소서
회복시켜 주소서

밀물처럼 밀려오는 코로나 19
썰물처럼 거두소서
흔적 남기지 마소서

가랑눈

눈이 내린다
가랑눈이 내린다
함박눈이 섞여 내린다

가랑눈이
총알같이 떨어지고
함박눈이 뒤질세라
가랑눈 따라 내린다

아기 예수 탄생
꽃눈이 내려
나뭇가지
꽃 피우려나 했는데
물방울 만들어 버린다

아기 예수 탄생
함박눈 내려
눈꽃이 되어
온 세상

산과 들이
아기 예수 탄생
노래하여라

눈아 눈아
함박눈아
총알같이 쏟아지는
가랑눈을 덮어
눈꽃을 활짝 피워
아기 예수 탄생
축하하여라

구름 구름

구름은 화가인가 보다
하늘 땅 바다 산 동물
세상 만물 그린다

구름은 화가인가 보다
상상할 수 없는
독특한 사차원의 세계를 그린다

구름은 화가인가 보다
하늘 도화지에 또 다른 그림을 그린다
날마다 그림을 그린다

가을비 단풍잎

비가 내리네
가을비가 내리네
부슬부슬 내리네

가을비 사이로
붉게 물든 단풍잎이
바람 타고 내리네

볼 붉은 단풍잎이 나의 마음 물들게 하네
쌓인 단풍잎 나를 포근히 감싸네
나의 마음 물들게 한 가을비 단풍잎

예수 그는

예수 그는 하나님의 아들이셨네
예수 그는 고난 당하셨네

예수 그는 죄인 대신 죽으셨네
예수 그는 부활하셨네
예수 그는 생명이셨네

예수 그는 영생이셨네
예수 그는 천국이셨네

나의 하나님

이도숙

무성한 소나무잎이 강렬한 태양을
가리워 내 얼굴을 보호하누나

강렬한 태양은 가리워진 솔잎 사이에
따뜻한 미소로 나를 위로하누나

병든 내 육신에 부으시는 과분한
하나님의 손길은 하얀 구름 솜털이누나

나 주님 곁에 가도 부끄러움 없는
이 자연의 경건함을 잊지 않으리

9부

사랑:
만지면 부서질까
멀리 서서 말합니다

말려진 꽃

말려진 꽃 이 세상 어떤 꽃보다
아름답고 아름답습니다

만지면 부서질까
멀리 서서 아름답다 말합니다

보면 볼수록
간결하고 아름답습니다

그 간결함이
눈을 뗄 수 없게 합니다

꽃의 향기가
방 안을 가득 채웁니다

사랑

사랑 사랑보다 더 좋은 단어 없네
사랑 사랑보다 아름다운 말 없네
천만 번 불러 봐도 지겹지 않은 말
사~아~랑

사랑보다 따뜻한 건 없네
사랑보다 포근한 건 없네
하나님 사랑
이웃 사랑
그 사랑 예수님 사랑

큰 사랑
작은 사랑

하나님 사랑
이웃 사랑
예수님 행하셨네

나도 그 사랑 닮아 가리~

그 사랑 닮아 가리~

닮아 가리~

영광 할렐루야

영광 영광 할렐루야

예수님 사랑

보고 또 보고

보고 또 봐도 보고 싶은 그대
그게 사랑인가 보다

내 마음

사랑하는 사람 앞에 내 마음 작아진다

커피 한 잔

커피 한 잔에
우리는 서로 가까워진다
포근함을 느낀다
사랑을 속삭인다
커피 한 잔에

커피 한 잔에
우리는 속엣말을 한다
고마워요
행복해요
사랑해요
커피 한 잔에

커피 한 잔에
아픔과 슬픔과 행복을 이야기한다
커피는 우리의 친구이다
커피 한 잔에

커피 한 잔에

우리 삶을 담아 본다

커피 향으로 모든 것을 담그고 음미한다

커피 한 잔에

사랑은

사랑은
서로 마주 보는 것
보고
또
보는 것

사랑은
서로 보듬어 주는 것
보듬고
또
보듬는 것

사랑은
서로 손을 잡는 것
잡고
또
잡는 것

사랑은

서로에게 힘을 주는 것

호수 위 그대

잔잔한 호수에
내 몸 실어
배 띄우고

빌딩 숲에
평화로운 호수
내 몸 띄우고
빌딩들도 멋 부리고

평화로운 호수 위에
그대 생각 잠겨
얼굴 그려 놓고
개미허리 그려 놓고

그대 곁에 다가가
손잡고
개미허리 안고
춤을 추었네

어허둥둥 내 사랑
어디 갔다 이제 왔느냐며
춤을 추었네

손 놓고
개미허리 손 풀고
사뿐사뿐 걸으며
춤을 추었네

요리조리
물결 위 걸으며
춤을 추었네

앞서거니 뒤서거니
춤을 추었네
어허둥둥 내 사랑
노래하며 춤을 추었네

춤 걸음

춤 물결로
호수를 덮어 버렸네

어허둥둥 내 사랑
어디 갔다
이제 왔냐고

성도

성도
감격스럽고
자랑스런 성도
코로나도 쓸어 가지 못하네

성도
폭우도
태풍도
쓸어 가지 못하네

성도
바다 같은 성도
나를 평안하게 하네
그를 바라볼 때
기쁨이 충만하네

성도
사랑스러운 성도
영광스런 성도

하나님 사랑

하나님 세상을 창조하셨네
하나님 우리를 만드셨네

하나님 아들을 세상에 보내셨네
우리를 죄에서 구원하셨네

그 은혜 강물이어라
그 은혜 바다이어라

그 은혜 세상을 덮으셨네
그 은혜 우리를 살리셨네

그 사랑 창조의 사랑
그 사랑 구원의 사랑
그 사랑 은혜의 사랑

그 사랑 영원한 사랑
그 사랑 하나님 사랑

알 수 없는 사랑

그대
사랑
노랑 빨강 초록 파랑
이었으면 좋겠네

그대
볼 때마다 새롭고
다 알 수 없는 사랑
헤어질 때 보고 싶은
그런 사랑이었으면 좋겠네

사계절이 그러하듯
만나고
만나도
새로운 사랑
알 수 없는
사랑이었으면 좋겠네

알 수 없는 사랑

그대
사랑
노랑 빨강 초록 파랑
이었네

그대
볼 때마다 새롭고
다 알 수 없는 사랑
헤어질 때 보고 싶은
그런 사랑이었네

사계절이 그러하듯
만나고
만나도
새로운 사랑
알 수 없는
사랑이었네

그대 내 사랑

그대 내 사랑
내 사랑 그대

그대 행복 내 행복
내 행복 그대 행복

그대 행복
그대 기쁨

그것이 사랑인가 보다

뭉게구름

뭉게구름
솜틀이어라
뭉게구름
솜틀이 불이어라
사랑하는 연인과 함께
뭉게구름 위에 뒹굴고 싶구나

아무도 내 사랑 방해하지 못하는
뭉게구름 위에서

그 행복 느끼고 싶구나
그 사랑 나누고 싶구나
그 행복 누리고 싶구나
시간 가는 줄 모르게
함께하고 싶구나

오, 내 사랑
오, 그대
멀리 가지 마오

거리를 두지 마오

뭉게구름 솜틀 덮고

포근히 잠들고 싶구나

영원한 내 사랑

그대

영원히 사랑하리라

나는 그대를 위해 살아가리라
영원히 영원히

아침 햇살처럼
밝은 모습으로 살아가리라

저녁노을처럼
뜨거운 사랑으로 살아가리라

마음으로
온몸으로
사랑하며 살아가리라

난 널 사랑

난 널 사랑
넌 날 사랑
그것이 사랑이야
맘속의 내 사랑이야
그 사랑
난 널 사랑
넌 날 사랑

사랑

오~ 그대
먼 산을 보네

오~ 그대
하늘을 보네

오~ 그대
내 마음 보네

오~ 그대
내 사랑
그대

사랑 때문에

사랑 때문에
사랑 때문에
예수 사랑 때문에
십자가 지셨네
그 사랑 때문에
그 사랑 우리를 구원했네

그 사랑 때문에
수치와 조롱당했네
가시관 쓰셨네
침 뱉음 받았네
골고다 가셨네
사랑 때문에

그 사랑 우리를 살리셨네

그 사랑 십자가 사랑
그 사랑 희생의 사랑
그 사랑 구속의 사랑

그 사랑 은혜의 사랑

그 사랑 측량할 길 없네

그 사랑 헤아릴 길 없네

그 사랑 표현할 길 없네

그 사랑 말할 수 없네

놀라워라 그 사랑

고마워라 그 사랑

영원한 그 사랑

십자가 사랑

사랑 때문에

작사 이광진목사. 작곡 이병은

사랑 그 사랑은

그 사랑 그 사랑은 십자가를 보고 도망가지 않았다
사랑은 그 사랑은 십자가를 보고 뒤돌아서지 않았다

그 사랑은 우리를 대속하셨다
그 사랑은 인류의 죄 짊어지셨다

그 사랑은 그 사랑은 우리를 구원으로
우리를 기쁨으로
그 사랑은 우리를 평강으로
우리를 화평케 하셨다

그 사랑은 우리를 하나님 자녀 삼으셨다
그 사랑 나도 닮아 가리라
그 사랑 실천하리라

아버지 나를 영화롭게 하소서
영광 영광 그 영광 영원히 그 사랑 영원히

10부

위로

나의 삶

아름다운 삶을 살고 싶어라
지난 세월 아름답고 싶어라
시간 시간 아름답고 싶어라

나를 만난 사람들
행복하게 해 주고 싶어라
꿈꾸게 해 주고 싶어라
기쁨의 눈물 흘릴 수 있게 해 주고 싶어라

세월이 흘러 나이 많아 아름답고 싶어라
나의 삶을 하나님이 만들어 주시었다
고백하고 싶어라

양보

좋은 것을 양보하면

더 좋은 것을 얻는다

하나가 말을 배웠다

손자 하나가 말을 배웠다
예수님
하나님
성령님
반복하여 따라 배웠다
내가 배운 하나님
손자가 배워서 좋다

손자 하나가 하나님을 불렀다
부드러운 목소리
차분한 목소리로 불렀다
예수님
하나님
성령님
듣고 있는 나에게
손자가 불러서일까
평강이 임했다
손자가 불러서 좋다

내가 믿는
예수님
하나님
성령님
손자가 부르니
믿음의 가문이어서 좋다
약속의 기업이어서 좋다

내 평생 부르고 불러야 할
예수님
하나님
성령님
손자가 불러서 좋다

인생은 시

인생은
시를 쓰는 것이다

슬픔이 시고
아픔이 시고
고통이 시다

기쁨이 시고
즐거움이 시고
행복이 시다

인생은 시를 낳고
시를 쓰는 것이다

내 인생
한 폭의
시가 되리라

여름 소리

이도숙

사각사각 여름 바람 소리
나뭇잎 사이사이 여름의 소리가 스쳐간다

나뭇가지 밑 골짜기 사잇길에
하얀 나비 한 마리가 여정을 떠난다

이 평화로운 여름 소리에

우리 주님도 내 마음을 싣고
골짜기 사잇길로 여행을 떠난다

국화꽃 향기

차 안 꽃향기 너무 좋아
기분 업되었습니다

그 향기 가득하여
그 공간이 좋았습니다

그래서
꽃향기
그대로 두기로 했습니다

오늘도 꽃향기 마시며
행복하겠습니다

인생은 한 폭의 시

ⓒ 이광진, 2024

초판 1쇄 발행 2024년 11월 25일

지은이   이광진
캘리그라퍼   이수진
그림   조우직
펴낸이   이기봉
편집   좋은땅 편집팀
펴낸곳   도서출판 좋은땅
주소   서울특별시 마포구 양화로12길 26 지월드빌딩 (서교동 395-7)
전화   02)374-8616~7
팩스   02)374-8614
이메일   gworldbook@naver.com
홈페이지   www.g-world.co.kr

ISBN   979-11-388-3746-0 (03810)